감히 슬프지 않을 수
있겠습니까?

감히 슬프지 않을 수 있겠습니까?

여태천 시집

민음의 시 277

민음사

날씨에 대한 생각을 하자
구름이 하나둘 떠오르고
공기가 축축해졌다.
그리고
마침내
세계가 하얘졌다.

2020년 가을
여태천

차례

1부

2부

3부

4부

1부

암흑물질

잠자리에 들기 전에
당신이 말했다.

어둡고 까만 구멍
그건 아주 잠깐
우리를 그냥 잊어버리는 것이라고
어둡고 까만 눈으로
당신이 이야기했다.

까끌까끌한 입이 말라 가는지
침을 삼키는지
모래를 씹은 듯 서걱거리는 목소리로
당신이 또 말했다.

그래, 구멍이었지
깊이도 의도도 알 수 없는
당신도 나도

어두웠지만 바라보는

눈이 빛났다.

납작한 몸을 돌아 뉘이면서
당신이 말하는 걸 엿들었다.

깜깜했다.

하는 일과 있는 것들

단 한 사람 앞에서 정치를 이야기하는 것
그 사람에게 의무를 강요하는 것
의무를 이행하지 않았다고 고지서를 두고 가는 것

어쩌면 그는,
지는 해를 보고 영영 아침이 오지 않을 거라고 생각하는 사람일지도 모른다.

어딘가에는 불을 켜지 않는 한 사람이 있을지도
어딘가에는 서성거리는 발소리로 저녁을 걸어가는 한 사람이 있을지도
또 어딘가에는 불을 켜고 누군가를 기다리는 한 사람이 있을지도
그럴지도,

설탕 가루처럼 노트에 흩어져 있는 문자들

휴일의 감정

거울 앞에 서서 뒤를 본다.
흠칫

진짜 없는 것들은
마치 살아 있는 것처럼 있다가
있는 척하다가
등 뒤에서 사라진다.

꾸부정한 자세
얼굴에 패인 주름
온데간데없는
생년월일

아무도 기억하지 않는 누군가의 생일 같은
오늘
맞은편 아파트 외벽을 타고 오르는
담쟁이, 그리고
실금들

지나간 모든 것들을 믿을 수 있을까.

그런데 이상하지.
조금씩 무너져 내리는 북극의 빙하처럼
화학 공식에도 없는
이것은

어디 있을까

불을 켜자 가족이 생겼다.

아이는 흥얼거리며 노래를 하고
아내는 외국어로 된 소설을 읽고 있다.
잊어버리지 않으려고
그는 매일매일 적는다.

한글날인 오늘의 기온은 평소보다 낮은 것 같고
어제와 달라 보이지 않지만 구름은 조금 많아 보이며
유리창 밖에는 비스듬히 비가 내리고
바람은 알 수 없다.

2008년 혹은 2018년
아이와 아내는 기록하지 않는 동안
무엇을 했는가.

한국어를 쓰고 소설도 읽지만
밖에서건 안에서건
바람에 관해서라면 모르는

한 사람

불을 끄자
그는 세 명의 가족이 있다.

아주 작은 실수

번개처럼 왔다고 생각하지 마.
그것은 아주 작은 우리의 호흡에서 온 것.

나란히 앉아서 밥을 먹고
똑같은 영화를 보고
동시에 시계를 쳐다보고
금방 떨어질 것 같은 가을의 사과를 보며
우리는 함께 웃었을 뿐이다.

손바닥에 땀이 나도록
소리도 없이
그리고 한심하게도
누군가에게 믿을 만한 사람이 되기로
결심하자 사라지는 저녁.

못 알아들을 말들을 중얼거리다
우리는 물컵을 오래 바라보았지.
멸종된 동물처럼
컵과 컵이 말을 하는

이상한 장면을

매직 쇼

잘 봐.
둥글게 손을 말아 쥐고
이렇게 스윽 감추는 거야.

손안에 뭐가 있는지 알 수 없지.
눈을 크게 뜨고
손가락 사이를 봐.

오른손에 있는 것을 왼손으로
오늘부터 내일까지
비밀과 거짓말*
구름 뒤의 햇빛
보이니?

잠깐 숨이 멎는 순간
꿈을 꿈에게 건네주는 거라고
생각하면 돼.
비둘기는

처음부터 없었던 거야.

* 신해욱의 시

읽을/힐 수 없는

오늘이 아닌 곳에서
해는 지고 바다는 붉을 것이다.

나는 쓰고 있다.

필사적으로 탈출하려는 것들은
얼굴을 보(이)지 않는다.

시간이 이동하는 동안
모든 것이 과거인 채
문장 위에서 흘러가고 있다.

과거가 된다는 것은 무엇일까.
잉크가 마르고
어딘가로 사라지는 것들

이미 해는 솟았는데도
이곳은 어젯밤처럼 어둡다.

나는 계속 쓰고 있다.

오늘의 날씨가 아니라 내일의 아침에 대해서라면
감히 슬프지 않을 수 있겠습니까?

내일은 뭔가 일어날 것이다.

Out There

그곳에 갈 수 없어
그곳을 생각했다.

꽃잎 하나 흔들 만한 바람이 부는 곳으로
그곳으로 바람이 인도했다.
주머니에 손을 찔러 넣은 채 걸었다.

버스가 앞질러 갔다.
비행기도 아닌 버스가!
생각보다 빠른 것들은 많다.
셀 수도 없는 단어를 외느라
마음은 빚졌고 몸은 무거웠다.

이제는 피부를 뚫고 자라는 털을 보며
부끄럽지 않다.
바람이 부는 그곳에 맨발의 나를 세워 두고
누군가와 함께 있는 나를 생각한다.

바람이 조금 더 세게 불어서

감염되지 않은 나를 옮길 것이다.

마음은 유성처럼 달아나고
빳빳했던 몇 개의 생각은
꽃잎처럼 흔들릴 것이다.
영혼은
밤하늘을 빙빙 돌다 흩어질 것이다.

그런 일들이 있(었)다.

Out here

어두워지길 기다린다.
그리고 어느 변방의 골목에서
돌아오지 않는/돌아갈 수 없는 것들을
생각한다.

찾지 않아 사라진 메모지
슬그머니 두고 온 손수건
사람들이 일렬로 늘어서자
하나가 모두가 된다.

누군가는 주소를 몰라도 자신이 알고 있는 곳으로 편지를 했을 것이다. 또 누군가는 달라진 자신의 얼굴을 보고 낙망의 시간을 보냈을지도 모른다. 이제는

하나가 되어 버린 모든 것들을
한 사람의 얼굴을 생각한다.
떠올릴 수 없는 것들도
앞지를 수 없는 것들도 생각한다.
이해할 수 없는 것들과

함께 생각한다.

사람이 떠날 때는 어떤 냄새가 날까?

레바논 어디선가
차가운 총구를 이탈하는 한 알의 총알
오랫동안 혼자였던 한 사람의 눈빛처럼
지나가고 있다.

잃어버린 열두 개의 밤

—한 권의 시집

당신은 납작한 채 왔다.

어디에나 잘 끼워질 수 있게
주름처럼 접혀 있었다.

알아볼 수 없는 글씨처럼
파삭하게 말라비틀어진 채

조금이라도 펼쳐보지 않았다면
넙치인 줄 알았을 것이다.

다시 흔들어 본다.
몰린 눈을 찡그리는 것으로
후후 공기를 불어 대는 것으로
당신은 힘겨운 기척을 했다.

이름을 적고
커피를 내리는 동안
깊은 저 바다의 어둠과 함께

당신은 생략될 것이다.

슬픔의 목록이 하나 더 늘었다.

운명이라고 하기엔

두 사람은 모든 시간을
나란히 누워 있었다.
울고 있는 그녀를 보고
그는 웃었다.

두 발을 창가에 올려놓고
조용히 눈을 맞추었다.
웃고 있는 그녀를 보고
그는 울었다.

두 사람은 아침에 일어나면
서로의 얼굴을 보고
기도할 것을 맹세했다.

하얀 손이 때가 묻은
손을 잡았다.
떨리는 손을
젖은 손이 잡았다.

흔들리는 [illegible] 빛을
두 손이 오래 쥐고 있었다.

고양이군의 엽서

잘 지내니?

볕 좋은 곳에서 새로 돋은 털을 고르며
이렇게 몇 자 적는다.

바람이 꽁꽁 얼어붙은 개울을 녹이며
아침에서 저녁나절로 마음을 옮겨 놓더니
종이 위의 글자들을
데리고 휑하니 지나간다.

이 말은 꼭 써야겠다.
그 무엇보다 너를 사랑한 것은
시린 손이 따뜻해졌기 때문이었다.
사실 이렇게 엽서를 보낼 수 있는 것도
말하자면,

고양이 수염을 한 우체부가
여름부터는 다닐 수 없게 되었다고
칠이 벗겨진 우체통 옆에서 머쓱하게 웃는다.

오래되었으니
아무렴,

가지 끝에 매달린 잎처럼
바람에 자주 흔들리고 있다고
비를 맞으면 점점 쪼그라든다고
이렇게 몇 자 더 붙이려는데
작년 봄에 만난 아름다운 사람이
느리게 지나가고 있다.

겨울잠

발이 꽁꽁 얼어
걸어 다닐 수가 없었지.

두 손을 비비며
얼른 키가 컸으면,
마음이 생길 때마다
무화과를 따먹었어야 했는데, 생각을
생각을 했네.

하루에 이백 번씩
어떤 날에는 삼백 번도 넘게
줄넘기를 해.
공중에서 오징어처럼 헤엄치다 보면
발도 손도 노곤해지지.
어른처럼 얼굴이 노래지지.

담장을 길게 덮고 있던 들장미
가시에 찔려도 좋으니
한번이라도 손으로 만져 보고 싶었지.

세상엔 언제나 두 개의 겨울이 있고
잠을 자는 동안
하얀 겨울을 즐기지.

희망버스

망할 것처럼 폭설이 내리더니
오늘은 겨울비가 빈속을 후빈다.
주르륵
겨울 비 오는 소리

툭 툭 투둑 투둑
겨울비 오는 소리
고장 난 장난감처럼 울고 있는
저 겨울을 읽을 수 없다.

세상은 허리처럼 아프고 애인같이 변덕스럽다.

'세상은 외롭고 쓸쓸해'*
오래된 라디오를 틀어놓고
어디서 누군가는 폐품 같은 몸뚱이에 주사를 꽂는다.
친구 없이 희망 없이
몹쓸 겨울을 견디고 있을 것이다.

울먹거리던 아이가 언제 들었는지
노랫말을 아무렇지도 않게 흥얼거린다.

'세상은 외롭고 쓸쓸해'
아이에게 겉옷을 입히다
춥지 마라!

세상은 외롭고 쓸쓸해서
망루 위에서도 한 사람은 또 한 사람을 사랑할 것이다.
매일매일 제 얼굴을 들여다보듯
위태롭게 한 사람의 내일을 읽으리라.

아파트 단지 옆 웅크리고 있는 낮은 지붕들
어느 날에는 햇빛이 저 지붕 위에서 빛날 것이다.
옥상에 널린 빨래들로
마음은 들뜨리라.

비가 내리는 겨울 캄캄한 아침에
버스를 기다리며
아이 옷의 단추를 채운다.

* 김현식의 노래「언제나 그대 내 곁에」

사람은 무엇으로 사는가?

이 집이다.
기다리는 것은 흥분되는 일
남자의 몸이 금세 뜨거워진다.
하지만 식는 것은 쉽다.
아니라고!
옆 테이블의 늙은 여자가 소리를 지른다.
그래, 이 집이 아닌지도 모른다.
만나려고 했던 약속이 거짓이었는지 모른다.
어쩌면 혼자 지어낸 이야기였는지 모른다.
몇 년 전부터 삐걱대고 있었다.
마음이 어긋나서 생기는 몸의 소리들
우두둑!
식어서 굳은 몸은 쓸데가 없다.
아니라고!
그게 아니라고 말하려는데
옆 테이블의 여자 둘이 한꺼번에 운다.
울고불고 말할 틈도 없이 또 운다.
아니라고 정말 아니라고
아니라고

아니라는데 젊은 여자가 맞다고 달래며 운다.
맞다는데 늙은 여자가 아니라고 우기며 운다.
달래고 우겨도
그러나 식는 것은 쉽다.
이 집이 아니라 저 집이라고
내가 아니라 너라고
오늘이 아니라 내일이라고
사랑이 아니라 죽음이라고
빚이 아니리고 빛이라고
비가 내리는 거라고 말한다.
국밥을 시켜 놓고 남자는 한 시간을 그러고 있다.
식는 것은 쉽다.
허기가 식당을 채우고 있다.

낫아웃

저녁 안개와 함께 너는 왔다.
너는 이름이 열 개도 넘었다.
그중에서 좀비는 빛나는 이름이었다.
좀비 왔어!
라고 말하면 너는 겸연쩍은 듯
왔지, 라고 말했다.
그리고 몇 마디 말을 하긴 했는데
겨우 마음을 엿들을 수 있었지만
여기에 옮길 수는 없다.

너는 그때 죽지 않았다.
너는 지쳤었다.
일도 연애도 심지어 타순도
잘 돌아가지 않았다.
심판도 지쳤다.
지쳐도 너는 베이스를 돌았다.
상처도 지쳐 다시 아물기 시작했다.

누군가 낡은 외야수용 글러브를 흔들었다.

인손 용 이었다.

늦게까지 남아 있을 우리를 위해

근사한 이야기가 필요했다.

슬픔도 조금씩 사라지기 시작했다.

우리는 쌀쌀했던 그 어느 봄날 저녁을 떠올렸다.

친절한 표정을 일부러 짓지 않으면서

우리를 위해 가장 아름다운 장면을 이야기하기로 했다.

그리고 한참 오랫동안 진짜를 본 것처럼

너를 위해 힘껏 웃어 주었다.

들어 봐!

볼이 조금씩 날리고 있어.

중요한 건 살아 나가야 한다는 거야.

우리는 그저 엿듣기만 했을 뿐이다.

볼이 날아갈 때 천사들의 웃음이 안개처럼 퍼졌다 사라졌다.

지켜보고 듣고 기다리고

그러다 지치고

그건 우리의 운명과 같았다.
서둘러 휘두르는 본능을 따랐다면
지치지 않고 살아갈 수 있을까?
우리는 동시에 말하고 있었다.
양철드럼통에 장작을 집어넣자
늙은 천사들이 머리 위에서 잠시
나타났다 사라졌다.
눈이 매웠다.

너는 투 스트라이크까지 참고 기다렸다.
그러고는 배트를 휘둘렀고
투수가 던진 공은 무릎 아래로 뚝 떨어졌다.
희미한 베이스라인을 따라
사람인지 연기인지 모를 뭔가가 움직였다.
있었는지도 몰랐던 심판이 멀리서 외치는 소리가 들렸다.
아득하게
당신은 죽었습니다.
죽다니!
좀비라니까,

너는 소리 내어 중얼거렸다.
그리고 성큼성큼 1루로 걸어가고 있었다.
절대 달리지 않았다.
베이스 가까이 안개처럼 사라지는 너를 향해
우리는 엄지를 높이 치켜세웠다.
그리고 볼 수 없었다.

저녁 안개가 심한 어느 봄날이다.
너는 배트를 휘두르고
죽지 않은 것처럼 베이스를 돌고 있다.
이걸 어떻게 옮길 수 있을까?
너는 죽지 않고 사는데
너는 마지막까지 살지 못하고 죽었네.
하루하루를 증명하듯,

말과 사물의 그늘

비가 오는군요.
구름의 이동입니다.
그러니까 구름이군요.
어둠입니다.

저기 저 속력을 기억하시나요.
하나를 위해서 다른 것들을 잊어버리는 일입니다.
그럼 오늘의 것이 따로 있을까요.
오늘의 가젤입니다.
생각이 오늘의 톱슨 가젤을 만들었군요.
잃어버렸습니다.
감정도 그런 것인가요.
생각일 뿐입니다.

목소리가 똑똑하게 들리는데
알아들을 수 없습니다.
이상합니다만
그러나 마땅합니다.

2부

하쿠나 마타타

어느 날 문득, 옆집 사는 사람이
손을 잡고 말을 걸어오는 것처럼

어느 날 문득, 엘리베이터를 같이 탄 사람이
스와힐리어로 사랑을 고백하는 것처럼

어느 날 문득, 뉴스 진행자가
화면 밖으로 기어 나와 고해성사를 하는 것처럼

하나마나한 소리로
어느 날 문득
외계 생물체가 되어

지구에 도착해
부패한 정치에 분통을 터뜨리며
명절날 전을 부치며
허구한 날 빈속에다 뭔가를 쑤셔 넣으며
이게 다는 아니겠지 그럴 수가 있나, 하고 반복하며
돌아갈 날을 기다리지

하염없이
방아를 찧고 또 찧고
그 힘으로 우주가 돌아가는 거라며
생각이라는 것을 하고 있는

어느 날 문득
외계 생물체로 남아
생을 마감하지
눈 내리는 산과 비온 뒤 돋는 들판의 풀들을 보지도 못하고

슬픔의 소화기관처럼
이웃도 가족도 잊은 채
우리가 외계 생물체이므로

생각할 수 없는 일들로 가득한
어느 날 문득
외계 생물체가 되지

* Hakuna Matata는 스와힐리어로 '문제 없다'란 뜻이다.

보호구역

'이곳은 오염되었습니다. 그러니,
빠른 속도로 몸을 숨기시기 바랍니다.'

전원이 끊기자 집은 작은 무덤이 되었다.
없어져야 한다.
숲을 좋아해서가 아니라
도시를 신뢰할 수 없어서
괄호 밖으로 사라지는 것들

필요한 만큼의 도시와
필요한 만큼의 숲
누구든 알고 있다.
마음은 굴뚝같은데
복잡한 화학 공식처럼
생각은 좀체 발달하지 않는다.
믿지 못할 생각
믿어선 안 되는
꿈이란 그냥 꾸는 것이다.

아무렴 그렇지 않을까.
나무와 풀은 어디서든 자랄 테고, 그러나
숲에 대해 장담할 수 있는 건 아무것도 없다.
다시 살아 보기 위해
살아 있는 것들은 여기저기 무성하다.
어둠의 도시 내일도 마찬가지

명상을 하듯이
요가를 하듯이
매일매일 중얼거리며
허옇게 생각을 뒤집어쓴 채
꿈속을 걷는다.
한때 사랑했던 이름들을 떠올리며
불을 끄고 하루치의 숲을 걷고 있다.

이웃은 어디 있는가

쌓여 가는 이웃의 흔적
쓰레기 분리수거 장소에는
하나둘씩 인정이 넘친다.

이웃이란 서로 나누는 사람들
인정과 쓰레기를 나누고
이웃의 얼굴을 할퀴고 간 번개 같은 실금도
말쑥하게 차려입은 패션도
나눠서 점점 두터워지는 이웃들

모든 걸 공유해 왔다는 듯
얼굴 가득 웃음을 지으며 이웃들은
쓰레기와 인정을 두 손에 들고 보기도 좋게
태도와 품격을
단단한 것들과 물렁한 것들을
이야기한다.

누가 이걸 다 버린 것일까?
생각도 잠시

이웃은 서둘러 가져온 쓰레기를 던져 두고
뒤따라오는 이웃에게 인사를 한다.

인정 많은 이웃과
격식 있는 이웃이
오지 않은 이웃에 대해서 말한다.
너무 많은 이웃이여
오 형제는 어디 있는가?*
이웃이여
이웃은 없다네.
이웃을 어디에 갖다 버렸는가?

* 영화 「오 형제여 어디 있는가 O Brother, Where Art Thou?」(2000)

우리가 우리를 읽을 때

우리는 매일매일 이야기했네.
어제의 행동과 말투를 흉내 내면서
눈빛을 잊을까 봐 불을 피우고
방향을 잃을까 봐 노래를 불렀네.
쏟아지며 사라지는 별들의 문자
순서와 속도가 가끔
머리를 아프게 했네.

따라하는 건 때로 피곤해서
몇몇은 슬며시 짝다리를 짚고 훔쳐보기도 했네.
우리가 아닌 것들이 우리가 되는 기적
흰 연기가 느리게 피어오르고
8Hz의 들을 수 없는 파동이 메시지가 되는
다른 곳을 본다는 게 위험해
금세 돌아와야 하는
살아 있는 우리

오늘도 우리는 불을 밝히고
매일매일을 이야기했네.

누군가 물었네.

우리가 이야기하는 것은 우리입니까.

우리는 소리 높여 말했네.

'우리'

우리는 맹세코 오늘을 지키기로 했네.

내일이 오지 않도록

오늘을 위해

불을 피우고 노래를 부르고

우리는 우리를 지켰네.

우리는 오늘도 우리였지만

우리는 두려웠네.

유령들

저들은 진실을 가르쳐주지 않는다.
인류의 평균수명보다 오래 살아온
변신에 변신을 거듭하는 자들.
편견이 아닌 것처럼
머리카락을 매만지며
어두컴컴한 구석을 노려본다.
잔을 부딪치지 않아도 신념을 갖는 건
언제나 가능하다.
믿음은 어디에나 있으니까.
이를테면 맥주의 부드러운 거품을 위해서
눈과 눈을 맞추기만 한다면 말이다.
그런데 저기 잔을 높이 든 자들도
열두 시엔 모두들 사라질 것이다.
운명을 숨긴 채 조용히
모자를 눌러쓰고 풍경이 되려는 자들.
구두를 잃어버리더라도
네모난 햇빛 한 조각만 있다면
곧잘 펜스를 넘기던 타자에 대해 말해 줄 텐데.
그 아름다운 곡선에 대해

소싯적 희망에 대해서 말이야.
지구의 배꼽과 우리의 배꼽 그리고
다섯 번째의 계절
맥주 거품처럼 환하던 것들은 왜 사라지는 걸까.
옆에 있던 친구는 또 어디로 간 걸까.
변신술의 달인에게 할 수 있는 말은
그것은 모두 맥주의 것이니 맥주에게로.
냉장고 문만 열면
기어이 들키고 말 비밀들이 가득한데
얼릴 수 없는 기침 같은 말이
저 안에서 쿵쿵거리고 있는데
저들이 숨쉴 때마다 세계의 부피는 줄어들고 있는데
어떡할까 어떻게 할까.
일종의 개인적 취향과
정치적 판단에 대해서.

태양의 기울기에 대한 만국 강아지들의 생각

강박증을 앓고 있는
개 같지 않은 강아지들이
개 같은 개들 사이에서
심각하게 고민한다.

언제 철학처럼 진지해지는 것일까.
북극은 없어지고야 마는 것인가.
저 낭만적인 눈의 세계는?

오늘은 살아남은 이들의 기념일
각국의 강아지들이 모여 눈을 부라리며
태양의 기울기에 대해 생각하는 날

간절함도 명분도 없이
이백서른 개, 이백마흔 개나 있지만 대개는 못 지키는
약속들 기념들 희망들

풍선처럼 떠오르며
우리를 통과하고 있는

저건 운명입니다.

그렇지만

우리는 피스키퍼가 아니랍니다.

시민의 두려움

내가 이렇게 생각하는 것은
꼬리가 밟혀서가 아니다.
동사무소 직원의 익숙한 손놀림 때문도 아니다.
짧은 탄성 속에는
시민이 되는 두려움이 있었다.
차라리 존경심에 가까운 심정이었는지도 모른다.
정리할 수 없는 시민의 세계
시민은 어떻게 탄생하는가?

범칙금을 내고 알게 된 시민의 품성에 대해
생각하는 오후
나는 시민의 눈빛을 가지려고 노력했다.
아사히 맥주를 마시고 있는 그는
안전모를 쓰고 있었다.
뭐랄까, 아무에게도 말할 수 없는
사실을 알게 된 표정으로
구겨진 종이를 펼쳐 보더니
그는 나를 바라보았다.
괜찮은 시민이 된 기분으로 나는 웃었다.

막 입사한 공무원의 표정으로
그가 버린 맥주 캔과 생활설계사의
지칠 대로 지친 눈빛을 보았다.

내가 이렇게 이야기하는 것은
시민 케인 때문이 아니다.
갑자기 신발이 커지고
발이 헛돌고
무릎이 깊숙이 잠겼기 때문에
안전모가 점점 커졌기 때문에
기어이 그의 얼굴을 덮고 말았기 때문에
아름다운 로즈버드의 세계에서
아사히의 세계에서
우리는 모두 시민이다.

이웃이 되어 주세요

비가 옵니다.
비가 오는 걸 아는
식물의 마음
몇이나 될까요.
창가에 올려놓은 작은 화분에
꽃이 피었습니다.
그가 말했습니다.
저 비가 그치고 난 뒤에도 꼭
기억해 줘.
나는 멀뚱한 표정으로
꽃 지고 나면 누가 떠올리겠어, 라고 말했지만
그 말이 우리 삶을 망쳐 놓을 거라는 걸
그땐 알지 못했습니다.
몇 달째 한 방울의 비도 내리지 않았습니다.
꽃은 피지 않았습니다.
날씨는 점점 추워지고 하늘은 어둑어둑 했습니다.
떠난 사람은 돌아오지 않고
옛날처럼 아픕니다.

목소리들

사람들이 모였다.
광장 어딘가에
가느다란 두 다리로 서 있었다.
무릎이 시린 날이었다.

사람들이 모였다.
땅을 뚫고 올라오는 저녁의 파처럼
사람들이 목소리를 조금 높였다.

사람들이 모였다.
생각들이 모였다.
누구 하나 아프지 않다고?
사람들이 목소리를 조금 더 내고 있었다.

사람들이 모였다.
옆에 서 있는 사내의 흰 머리칼이
어디를 가리키는지
생각들이 밖으로 나서기 시작했다.

햇빛 한 줌

시간이 이렇게 흐르는구나.
멀리서 온 너의 편지에는 함께한 이에 대한 그리움이 가득하구나.
녹아내린 글자들
오랜 시간을 건너오느라 힘들었구나.
힘들게 적어 내려간 마음 하나하나를
차마 보지 않을 수 없구나.
그런데 어쩐 일일까?
편지를 읽을수록 깊은 잠에 빠져드는 것은
헤어날 수 없는 구렁은
이렇게나 외롭구나.

유월의 햇볕은 게나예나 뜨겁다.
나무는 하루가 다르게 가지를 뻗고
나는 더는 자라고 싶지 않다.
자랄 수가 없다.
잎 사이로 흔들리는 햇빛을 보고 있자니
열일곱 내가 보이고 서른을 넘어서도 불안했던 시절이 있다.

익숙한 눈빛이 그래서 좋구나.
저녁의 감정은 이래서 기쁘기도 하구나.
그런데 깊은 밤 잿더미 속에 불씨를 감추어야 하는
나이는 부끄럽다.

세월은 그렇게 흘러가더라.
참혹한 일을
언제나 그렇듯이
참담한 지경에 이르러서야 알아채고
일그러진 얼굴을 더 이상 볼 수 없구나.

혼자이거나 아무도 없거나

누군가를 기다리기라도 한 것처럼
한밤중에 일어나 끝이 없는 통증에 대해 생각한다.

혼자 불 밝히고 있는 가로등
가지고 있던 모든 것들을 다 써 버렸다는 듯
잠시 거기 기대어 숨 돌리는 남자
자정이 넘은 골목길이 힘겨워한다.
그를 알아보지 못하는 늙은 개가 짖는다.
무엇을 더 잃어버릴 수 있을까?

남자는 어디서 오는 길일까?
그는 어디로 가는 것인가?
손끝에 위태롭게 매달려 있는 하얀 봉지에는
아이에게 줄 선물이 담겨 있을까?
바람이 그의 성긴 머리를 살짝 건드리나 보다.
그에게 아직 오지 않은 시간이 있다는 것일까?
생각은 자다 일어나서도 끝이 없이 이어진다.

아픈 몸을 타고 흐르는 신경처럼

외로움의 밤은 멈추지 않는다.
무음으로 켜 둔 텔레비전에서는
끊임없이 테러와 반격이 이어지고
그래도 이번 삶이 끝이 아니라는 듯이
손톱은 자라고 또 자라 생채기를 낼 것이다.

분명하지 않은 경계에서 만들어지는 통증들
끝없이 가까워지기 위해
끝없이 멀어지는 것들
무엇을 더 잃어야 하는 것일까?

안녕에 대해

내가 뭘 동의했는지 모르겠다.
하루가 멀다 하고 걸려오는 전화
'안녕하십니까'로 시작해서
낮고 조용히 파고드는 목소리
무슨 말인지도 모르는 동의서 얘기도 하고
거기에 내가 동의했다고도 하고
그래서 이 좋은 소식을 전하게 되었다고
복음을 전하는 목소리
내가 수줍음을 많이 타는 걸 알고 있는 친구일까.
아니면 일면식 없는 동사무소나 세무서 직원일까.
제대 말년까지 괴롭히던 눈이 찢어진 이병장이라면,
나는 그만 덜컥 겁이 난다.
이렇게 아무도 만나지 않고
꽁꽁 문을 걸어 잠그고
사람이 무서워 한 발짝도 나가지 않는 나를
도대체 저이들은 어떻게 알아낸 걸까.
아무리 생각해도
몇 날 며칠을 생각해도
곰곰이 또 생각해도

나는 무섭다 무섭기만 하다.

안녕하시냐니?

사람이 죽어도 눈도 끔쩍하지 않는 이 시절에

마음만 먹으면 누가 뭐하는지 훤히 알 수 있는

저이들이 무섭기만 하다.

무서워서 파리만큼 작아져야겠다.

저이들이 알아보지 못하게

쥐새끼모양 꼭꼭 더 숨어야겠다.

지상의 감옥

공기가 달라졌다며 사람들이
투덜대기 시작했다.
하얀 마스크의 사람이 뿌연 길 저편으로
부리나케 뛰어간다.

며칠 전 한 사람은 옥상으로 전광판으로 타워크레인 위로
조금 더 높은 곳으로 올라가야 한다는 듯이
그래야 숨을 쉴 수 있다는 듯이
땅을 벗어나 하늘로 올라갔다.

아무도 안 보는 가난한 하늘
무지개는 뜨지 않았다.
뜨거운 여름 양철지붕을 식혀 줄
비 한 방울 내리지 않았다.
사람들은 격앙하지도 울부짖지도 않는다.

부산하게 걸어가는 사람들
어색한 몸짓으로 서로를 흉내낸다.

때가 되면 불이 켜졌다 다시 꺼졌다
반복되는 풍경들 속으로
똑같은 모양의 얼굴들이 보인다.

여긴 마치 감옥 같다.
저들은 어디로 가는 것일까.
하나같이 외롭다는 표정이다.

건너는 사람

정말로 뭔가를 보지 못할 것처럼
눈앞이 캄캄하다.
무엇을 보고 있는 것이 아닐지도 모른다.
그냥 눈만 뜨고 있는 것일 뿐

사람들은 어서 여기서 벗어나려고 했지만
칠흑의 이 밤이 끝나려면 아직 멀었다.
누군가 또 다리를 건너나 보다.
이런 밤이면 인기척도 무섭다.

폭우로 불어난 물 때문인지
재난방송이 간격을 두고 울린다.
선한 의도가 때론 누군가의 목줄을 죄고
지금의 기쁨이 십 년 뒤의 후회가 될 수도 있는 법.
떠나려는 이들의 목소리가 계속 들린다.

흙탕물은 단비가 되어 어딘가에 내리기도 하겠지만
이번 삶은 다시 되풀이되지 않을 것이다.

텅 비어 버린 사람처럼 우두커니 서서
다시 내리기 시작하는 비를 맞는다.
다리를 건너는 저 사람도 필경 우산이 없을 것이다.
젖을 대로 젖어서 건너는 것일 뿐
여기의 모든 생이 다 그러리라고
누가 생각이나 하겠는가.

과거는 반복으로 판명되었지만
내일을 저 구름의 모양만으로는 알 수 없다.

쓸데없는

전문가 앞에서 우리는 늘 주눅이 들지.

상황이 좋지 않은 게 당연하다는 듯 차트를 쳐다보며 그는 말한다.
발이 아려 맨발로 아스팔트 위를 걷고 있는 심정을 알까.

전문가는 어렵게 말하지.
비가 올 예정이라고.
하지만 바람의 속도와 방향을, 그리고 습도에 대해선 몰라도
그가 절대 모르는 보법으로
제비는 저렇게 날고 있지.

아침의 이슬과 꺼지지 않는 촛불
어렵지만 느낌을 전해 줄 수 있는
뭐랄까
실험적인 단어가 필요해.
쌀쌀하지만 상쾌한

서류더미를 뒤적이며
전문가는 언제나 근엄하지.

'이제 천천히 세계와 이별하는 연습이 필요합니다.'

'제발 그 잘난 입 좀 닫아 줄래요.'

멀어지는 건 쉬운 일이 아니다.
멀리 돌아간다는 것
오늘의 내가 내일의 우리가 되는

빈손

사람들이
큰 소리로 외친다.

주먹을 불끈 쥐며
좋아요!

더 많은 것으로 합시다.
더 큰 것으로 합시다.
보기 좋은 것으로 합시다.
손실은 무엇입니까?

크고 우렁찬 목소리가 퍼진다.

얇고 투명한 불안이
목덜미를 파고든다.

우리의 두 손을
무엇으로 가득 채울 수 있을까요?

양손을 흔들며
빌딩을 나온

사람들
사람들
사람들

희망고문

듣지 못하는 당신은 누구죠?

저는 냄새를 잘 맡죠.
세상은 코를 통해서 증명된다는데
제 코를 어떻게 생각하나요?

옛날 옛날에 솜털처럼 부드러운 한 아이가 있었죠.

잘 물고 잘 씹고 잘 뜯고
소화불량 같은 건 없었어요.
심지어 잘 싸기도 했죠.
어디에서나 여기저기
거리낌 없이 아무 때나

아무 때나?
개 같은?
개 같다는 건 예의인가요 모욕인가요?

부끄러움을 모르는 게 치욕이라고 생각하지 않아요.

너무 많이 알면
머리가 아프죠.

저는 누구보다 잘 달려요.
부르기도 전에 달려가죠.
보지 못하는 눈을 가졌다는
눈이 없어도 괜찮다는 뜻이죠.

꼬리를 무척 잘 흔들어 대는
무럭무럭 자라서 저는 무엇이 될 수 있을까요?

3부

발자국

이제 도착했구나

기억나니
오후의 저 벤치
저 멸치국숫집
저 기차역의 플랫폼

눈에다 묻고
입에다 묻고
마음에다 묻고
잘 견뎠지

이런 저녁
다시 안 올지 몰라

기도문처럼
흩어지는

기념일

우리는 비밀스럽게 앉는다.

풍선처럼 부풀어 올라서
가지고 온 문제를 차례대로 올려놓는다.

테이블 위에 가지런히 놓인 숫자들
13 7 44 9 28 35
그리고 주머니에서 꺼낸 주사위

사람들이 가장 좋아하는 이것은 무엇일까요?
우리는 미소를 지으며 추측한다.

우리는 빙빙 돌면서 노래하고
우리는 빙빙 돌면서 문제를 내고
우리는 빙빙 돌면서 상상한다.

촛불처럼 환하고 폭죽처럼 소란한
어딘가로 가까이 다가서려는 듯
상념이 의자와 의자 사이를 오고간다.

눈이 내릴까?
어디로 가지?
다음에 만나요?

우리는 두 눈을 비비며
펭귄처럼 입을 모은다.

우정의 세계

마술을 보여 줄게.
눈앞에서 비둘기가 날아가고 장미가 피어나지.
하지만 약간의 진심과 행운이 필요해.

세종로 간판에 걸린 문구들을 떠올려 봐.
그리고 불편한 것들을
하나씩 지워 나가야 해.
동그랗게 오므린 입으로 풍선을 만들고
친구의 눈에 맺힌 불꽃의 눈물을 보고
우린 감상적인 사람이 되는 거지.

이곳에선 누구든지 환영이야.
우리는 되풀이해서 말하기를 좋아해.
너는 뭘 내놓을 거니?

우리가 더없이 안심하게 되었을 때
해야 할 일의 가짓수가 늘어났다.
하지만, 여전히, 조금, 덜
외롭고 싶어 하는 친구들은

길 가는 사람에게 말을 걸기 시작했다

끊임없이, 말

잘 알고 있지. 하지만,
어쩔 수 없지.
하지만, 그것이 언제나 문제
하지만 그걸 모른다면,
모른다는 것을 그냥 인정하고 넘어가기로 한다면
벌판에 빌딩을 세울 수도 있으리라.
지난밤 일에 대해서라면
모르는 게 더 이상하지 않아?
나도 알고 너도 아는 분명하지 않은
하지만 사실 같은
마지못해 찍은 마침표 같은 것.
마음이야 알 수 없지만
기분이 상해서 이러는 건 아니다.
이제는 말하지 않을 거야.
슬프지만 보고만 있을 거야.
보란 듯이, 하지만
결심은 언제나 늦다.
마음은 좀처럼 동여매지지 않고
목울대는 점점 좁아 들어

울음이 번져 넘치지만
구차하게 그 말을 어떻게 할 수 있겠어.
슬픔의 왕국 비밀의 전사들
테이블 위의 장미에 대해서라면,
하는 수 없이
하고 마는 것처럼
물위의 그림자처럼
흔히들 그렇게만 이야기하지.
있는 몸이 없는 것처럼
미안해, 라고

손이 크다는 것

필요한 게 뭐지?
그는 늘 골똘했다.
그러다 아쉬우면 만들었다.
두 칸짜리 책꽂이와 책상, 그리고
더 이상 만들 수 없자
그는 곰곰이 생각했다.
손이 큰 것은 그림을 그리는 데 이로울까,
와 같은 생각은 하지도 못한 채

마음이 납작해질 대로 납작해지자
둘 곳을 찾지 못한 그는
귀퉁이 앉은뱅이 의자에 앉아
창밖을 보며 골똘했다.
덩그러니
모자 하나가 허공에 걸려 있었다.

뭔가를 알겠다는 듯 그는
눈이 크고 기다란 얼굴을 그렸다.
외로우면 그는 그렸다.

며칠 전 벽에 그린 소나무 위로
오늘 아침 소복이 눈이 내렸다.

손이 크다는 사실에 대해
아무리 골똘해도 알아낼 수 있는 건 없었다.
손이 크다는 것은
어쩌면 신비로운 일인지도

손이 큰 그는 뭐든 만들었는데
손이 큰 그는 그림을 그렸는데
손이 큰 것은 도대체 뭐지?
그는 골똘했다.

연필을 깎으며

당신은 지금 무엇을 상상하는가?
뭔가를 찌를 것 같이 불안해 보이는
날카로운 욕망이라면
그것이 알 수 없는 암흑의 세계라면
지금 당신은 누군가의 연인이다.

당신은 빈틈없는 표정을 기대했는가?
말랑말랑한 목소리를 예상했는가?

보이지 않는 것을 감출 수 없어
흑심(黑心)의 끝은 저렇게
깜깜하게 빛나고 있다.

밤새 술잔을 간절히 쥐고 있었을 한 사람의 얼굴과
불편한 속을 쏟아 냈을 한 사람의 목소리와
그리고 초록색 연필 한 자루

애처롭게 말쑥하고
점잖게 쓸쓸한

아침에 일어나 창문을 열어도 봄은 오지 않았다/않는다.

고 적혀 있다.

이제 당신이 연필을 깎을 차례다.

어디에 있을까

가랑비는 어디까지 가랑비인가.
가랑비를 맞으며 생각했다.
아주 멀리 있는 자의 엉뚱한 표정으로
가랑비를 한꺼번에 맞는 건 어떤 것일까.

가랑비 때문에 불편한 도로 위에서
좀체 제자리를 벗어나지 못하는 버스
가랑비를 맞으며 걷는 사람들
담뱃가게, 편의점, 국숫집, 회전초밥집, 부동산가게, 치과
병원
가랑비가 스밀 수 있는 곳은 어디까지인가.

가랑비를 맞으며
우연이 만드는 가장자리를 골똘히 생각하는 사람
가랑비를 결정적으로 내리게 하는
간절한 소리를 듣는다.
가만히 목소리를 낮추고
가랑비에 옷이 젖는다고 생각하는
사람들 곁에

가랑비와 함께

가랑비가 하루 종일 내려도
옷이 젖지 않는 사람이 있을까.
가랑비를 맞으며 생각하겠지.
우연히 맞게 될 하나의 빗방울이
당신으로부터 온 것이라면

가랑비를 한꺼번에 맞으면
한 번에 사랑을 완성할 수 있을까.
가랑비에 젖은 가슴을
하루 종일 안주머니에 넣고 다녔다.

없는 것보다 못한

어둠이 무릎까지 차올랐다.
주머니에 넣은 손을 어쩌지 못하고 망설일 때
하나둘씩 카드를 접기 시작했다.

마감뉴스에 나오는 인물들은
하나같이 재수 없다.

메시지는 저 멀리서 온다.
간절하지 않은 것은 없으니
상황은 언제나 최악이다.

한 사람은 이제 걷기 시작했지만
한 사람은 지금 막 주저앉는다.

누군가를 웃게 하는
누군가를 울게 하는

언제나 몸은 피가 모자라고
그 사실은 숨길 수 없다.

만질 수 있는 따뜻한 손이 아니었다.
너무 가까이 하면 안 되는 것이 있다.

두 개의 유리창과 하나의 얼굴

여전히 아침이네.
놀라운 표정들은 어디로 간 것일까?
저녁이라는 곳에서는
사라졌던 손이 가난한 내 손을 꽉 쥐고 있겠지.

이리저리 옮겨 다니던 낮고 희미한 목소리들
뒤를 돌아보는 당신에게
일제히 소리쳤지. 안녕?
어둠의 유리창에서 당신의 웃음은 빛났네.

한낮의 분명한 거리에서
유리창 밖을 보고 있던 나에게
당신은 손을 흔들었지.
안녕! 그리고 이제
나는 옆으로 누워 저녁의 유리창을 보고 있다네.

누워서 보는 얼굴은
잘못 쓴 글씨처럼 비스듬히 움직이네.
누워야만 보이는 유리창은 선명한데

한낮의 저쪽에서 웃던 당신의 표정은 없네
캄캄한 우주에서처럼 동공이 없는 얼굴들과
풍선처럼 그 얼굴을 매달고 있는 유리창에는
서쪽으로 길게 기울어진 저녁이 있네.

나는 옆으로 누워 두 개의 유리창을 바라보네.
길가 모퉁이에 서 있던 투명한 당신과
소용돌이처럼 깜깜한 당신.
두 개의 유리창을
반쯤 잠긴 눈으로 보고 있네.

연속이 아니라 중첩으로 된 유리창이
다르다고 생각한 것은
편향적인 자세로 누워 있던 나 혼자였네.
기대어 잠든 누군가의 손을 잡고 있던 나 혼자.

유리창은 모든 걸 숨기고 아무것도 숨기지 않네.
어눌한 목소리를 숨기고 숨기지 않고
붉어진 얼굴을 숨기고 숨기지 않고

소심한 손을 숨기고 숨기지 않고
오렌지를 숨기고 숨기지 않고
이 세상의 것이 아닌 얼굴이 보여 주네.

누구의 시간

두 사람이 늦은 점심을 먹고 있다.
오후 두 시 민방위 사이렌이 울리자
마치 멈춰 있었던 것처럼
아무렇지도 않게 숟가락을 들고 있다.
한 사람이 무슨 말을 하려는 듯 입을 오물거리자
한 사람이 그러지 말라는 것처럼 눈을 찡그린다.
한 사람의 입과 또 한 사람의 눈 사이로
사십 년의 오후가 자막처럼 지나간다.
중얼중얼 사라지고 있다.
한 사람이 입안에 남은 음식을 넘기려다
사레에 걸렸는지 연신 기침을 한다.
기침을 할 때마다 고개가 앞뒤로 크게 흔들렸지만
그래도 움직이지 않으려고 애쓴다.
두 사람은 서로의 얼굴을 쳐다보며
가느다란 시간을 건너가고 있다.

연기가 필요할 때

머리하고 올게요.
목소리와 함께 아내가 집을 나갔다.
엄마가 나가는 줄도 모르고
아이는 그네를 타겠다고 떼를 쓴다.
저러다 영영 돌아오지 않으면?
먼저 집을 나가 며칠만이라도 잠적할까.
아이가 탄 그네를 민다.
뭔가를 움켜쥐고 있던 손이 허전해질 때쯤
기분은 또 천식 같아서
예고도 없이 기침을 한다.

쿨럭쿨럭, 사라질 듯 그네가 흔들리고
어쩌다가, 노르웨이의 숲
나무들, 사람들, 얼음송곳들, 직선의 슬픔들, 그리고 외로운, 단 하나였던 하루가, 마지막 편지에 적힌 알아보기 힘든 주소가
사라지고 있다.
어쩌다가
세상의 계절과 함께

그네는 돌아왔다.

아이를 안으며
잠시 슬퍼지려고 할 때
아이가 책을 뽑아들고 무섭게
달려온다.
하루는 느닷없이
일 년은 예고도 없이
저렇게 흔적을 지울 것이다.
꽁꽁 동여맨 옷깃에서 툭 떨어지던
단추처럼

아이의 엄마가 돌아왔다.
부엌에서 찌개를 끓이고 아이를 부른다.
그네가 홀로 흔들리는 동안
나는 외투도 없이 떠났다가 돌아온다.
그때마다 조금씩 높아지는 천장처럼
나는 허전해지고
나는 규칙적으로 감기에 걸릴 것이다.

점점 커지는 두 손과 두 눈과 두 귀를 부여잡고
아내의 말을 따라 해본다.
입을 크게 벌리고
규칙적으로
머리하고 올게요.
머리하고 올게요.

모란 작약

까슬까슬한 이 느낌이 좋아.
배를 까고 잘 때면
어머니가 슬며시 덮어 주곤 했던 이불
이불 안에선 누구나 왕이었지.

어머니는 한여름에도
이불을 덮어야 한다고 말했다.

분명하게 기억할 수 있어.
이불에 새겨진 빨간 꽃
모란인지
그땐 몰랐지만, 지금 생각하면 작약에 가까운
그래서 항상 궁금해했던 꽃
아름답다는 생각을 여태껏 해 본 적이 없었다.
노란 꽃수술을 감싸고 있던
열 개쯤 되는 꽃잎을 눈을 감은 채 손가락으로 매만지던 저녁
그러다 나도 모르게 잠이 들었던
아! 나프탈렌 냄새와

유월의 아까시나무 냄새와 함께

이불을 끌어당기며
너는 내 볼에 입을 맞추고 말한다.
너의 냄새가 좋아!
네가 오늘 낮에 무슨 일을 했는지
뭘 먹었는지 네 몸이 말해 주거든.
어떤 생각을 하고 있는지 알 수 있지.
오늘은 씁쓰름해 보이는데
뭐든 말해 봐!
하나, 둘, 셋, 넷, 다섯,
나는 그때처럼 작약의 꽃잎 같은 것을 매만지며
한껏 부풀어오른 여름밤과
경술년 시월의 운세를 떠올리고 있다.

너무 늦었다고 어서 자야 한다고
신념이 가득한 사람처럼 어머니는 말했었다.
비단과 주옥같은 말들은
여름밤 이불 아래서

아까시나무처럼 쑥쑥 자라기는 했지만
이불이 아닌 밤의 아름다움을 안 것은
열여덟이 넘어서였다.

이불로 몸을 감싸며
네가 졸린 목소리로 말했다.
들리니?
꽃잎이 조금씩 열리는 소리를 들어 봐.
소리를 듣고 벌과 나비가 날아오고 있어.
모란인지 작약인지 너는 애매하게 말하고
나는 열여덟인지 스물인지 그 무렵으로 돌아간다.
따뜻해진 네 얼굴을 촉진하듯 매만지며
이불을 끌어당겼다.
아무도 기억하지 않을 비가
오다 말다 오다 말다 했다.
땅이 젖었을까 쓸데없는 걱정을 하는데
빗소리가 들리다 말다 들리다 말다 했다.

쌀을 씻으며

아이의 엄마가 외출을 하던 날
쌀을 씻으며 생각했네.
쌀알과 쌀알이 부딪치며 내는 소리와
밥을 지어먹는 일에 대해서
콧노래를 부르며 쌀을 씻던 아이의 엄마
왜 그랬는지 묻지 않았네.
밥이 들어가는 아이의 입을 상상하며
목련이 떨어지는 늦은 오후에 쌀을 씻네.
쌀을 씻으며 나도 모르게 흥얼거리네.
물이 차가워 흠칫 놀라기도 했지만
쌀알들이 손가락 사이를 오갈 때마다
싸륵싸륵 소리가 날 때마다
입에서 노래가 흘러나왔네.
아이의 엄마가 쌀을 씻던 어제의 속도로
쌀을 씻으며 아이에게 말했네.
들리니.
쌀알이 쌀알을 만나서 하는 이야기가
아이는 작은 눈을 깜빡이다
물끄러미 쳐다보더니

소매를 걷어붙이고 쌀을 씻기 시작하네
쌀을 가지고 노는 아이의 모습을 보며
햇빛이 아니어도 빛나는
손길을 보았네.

누가 그를 울리는가

길 잃은 강아지는 밤에 어디서 자.
아이가 묻는다.
글쎄,
목줄 없는 개
실낱같은 끈도 없는 사람
대답을 못했다.

그러고 보니
눈앞에서 날고 있는 배추흰나비가 언제 멸종할지
청둥오리는 어디서 와서 어디로 가는지
나는 모른다.
꽃을 같이 심자던 선배는 어딜 갔을까.
무너진 담을 함께 세웠던
외로운 친구여
질문은 수없이 쏟아지는데
쓰레기가 거리마다 넘쳐나는데
이웃이 없다.

신호 위반 딱지를 끊고

표표히 사라지는 경찰은 어디로 가는가.
후미진 곳에 차를 세워 두고
낮잠을 청하고 있는 저 사람은 어젯밤에 뭘 했을까.
새마을텃밭에는 열무가 여전히 자라고
바람도 불지 않는데 태극기가 펄럭인다.

산책로에서 길을 잃을 수도 있단다.
아이가 멀뚱히 쳐다본다.
이제 꿈꾸지 않는다.
작은곰자리의 별들이 사십 년 전 그대로일 거라고
믿지 않는다.
무릎의 상처를 기억하는 이가
있을까.

우리들의 풍선

이 폭염에 꽃을 붙들고 있는 저것은 뭐지?
옥상정원이 무슨 고산지대라고
때도 모르고 철쭉은 지지 않고
기어이 매달려 아름답다는 말을 무색하게 하고 있다.
땀이 목덜미를 타고 흐르는데
아이는 풍선이 날아가 버렸다고 울상이다.

풍선이 다시 돌아오기를
한 번도 불러본 적 없는 하느님께 기도라도 해 볼까.
하루에도 서너 번 뜬소문 같은 바람에
흔들리고 있는데
내가 뭘 할 수 있을까.
이 얼빠진 시간을 돌려놓을 수 있을까.

좋은 시절이었지
그때는

아이를, 비행기도 태워 주고
빙그르르 돌려도 주고 물구나무도 시켜 주었지.

못할 게 없었지, 그때는

바람이 이렇게 불고 있는데
미궁에 빠진 시간의 끈을 놓지 않을 수 있을까.
물들어 가는 하늘을 보며
나는 바람 빠진 풍선처럼 맥없이 흔들리는데

가지지 못해 애를 끓이던 은빛 시간이
손가락 사이로 지나간다.

프놈 바켕의 일몰

기다리기 위해 올라가는 사람들. 기도하듯 발걸음을 옮기는 사람들 틈에 끼여 걸었다. 고통 없이 얻을 수 있는 건 아무것도 없단다, 라고 말하려는데 어떤 것도 고통스럽지 않은 것은 없다는 사실을 먼저 깨우친 아이는 왜 이 길을 걷는지 말해 줄 수 없겠느냐는 표정이다. 저기 사람들 보이지. 정상 가까이 줄을 서서 기다리는 저들은 이제 자연의 가장 아름다운 한 장면을 보게 될 거야. 우리에게도 행운이 올지 몰라. 아이는 산을 오르는 일보다 기다리기 위해 가는 길의 무용함에 짜증을 냈다. 하루의 운명을 다한 태양이 장엄하게 사라지는 것을 사람들은 기다린단다. 아이를 보지 않은 채 지평선 쪽을 쳐다보며 말했다. 참으로 무용한 일을 사람들은 하루에도 몇 번씩 한단다. 내일도 모레도 사람들은 여길 찾고 또 기다릴 거야. 기다려야 한다고 누구도 말하지 않았지만 그렇게 기다린단다. 평생 기다리며 살지. 그것이 인생일지도 몰라. 너무 멀리 간 말을 주워 담으며 차례를 기다린다. 기다리는 것은 속내와 한계를 드러내는 일이다. 아직 오지 않는 것을 기다리는 것은 고통스럽다. 눈앞에 없는 것은 언제나 힘들다. 아빠는 뭘 기다리고 있어? 난생처음 질문을 받은 것처럼 놀라 아이의 눈을 쳐다보았다. 늦은 오후의 햇살이 피부를 간질이고 있었다. 아직 오지 않은 것을 기다릴 수 있어야 잘 기다릴 수 있대. 그래? 눈살을 찌푸리며 아이가 말했다. 언제까지 기다려 봤어? 글쎄 아빠도 이렇게 오래 기다린 건 처음이구나. 기다리는 일에 목매지 않을 수 있을까? 기다리는 것조차 잊을 수 있을까? 의심하는 사이 차례가 왔다. 통제선을 지나 계단을 오르며 본다. 정상에서 지는 해를 기다리는 사람들. 지는 해를 기다리다 내려가는 사람들. 지는 해를 기다리다 그냥 내려오는 사람들을 기다리는 사람들. 기다리고 또 기다린다. 손을 뿌리치고 두 계단 먼저 아이가 오르고 있다.

슬픔은 자란다

잘 자라지 않았다.
당신의 목소리는 느긋하고 나이스했지만
아침 일찍 벌레를 잡는다는 새 이야기는
좋아하지도 이해하지도 못했다.
당신이 기억하고 있는 것처럼 밥을 먹고 나면
좁은 다락방에서 없는 사람처럼 보냈으니,

온도 차가 없었던 건 아니었다.
허리를 반쯤 구부리고 위로하듯
당신이 찾았든 그 낮은 다락방에서
덜 자란 어른처럼 침묵했을 뿐,
다행스러운 건 그토록 긴 편지에서처럼
슬픔이라는 단어가 그리 싫지 않았다.

슬픔을 오래 쌓아 두면 몸이 상한다고들 했지만
그래서 잘 자라지 않는 거라고들 말했지만
한동안 그런 줄 알았지만
벌레를 잡은 새들이 제집으로 돌아갈 무렵
안개처럼 희미해지는 기분으로 해질녘을 보냈으니,

있어도 없는 것 같았던
없으면 더 궁금했던 다락방
열 번은 읽었을 백과사전을 덮으면
흐린 전등 아래서 바둑알처럼 반짝이던 글씨
친구들은 믿으려 하지 않았다.
환히 웃는 듯한 표정으로 당신은
언제든 내려와도 좋다고 했지만

서늘했던 그 다락방을 떠날 수 없었다.
잘 자라지 않았으니,

4부

문 앞에서

문은 열려 있었고

안쪽에서 소란스러운 이야기가 들렸다.

솔깃했지만 시골 사람처럼 두려웠다.

햇살을 받아 빛나는

저 문이 나를 불러 세웠지만

무엇이 있었고 무엇이 사라졌는지 모른다.

그저 알고 있는 그 사람이려고 했다.

지나가기 위해서 문이 필요했다.

이토록 긴 편지*

당신이 말했다.
여기는 비가 와요.
거긴 어떤가요.
낯선 말 한마디에도 꿈은 시작된다.

가만히 지나가는 비를
세상의 지붕 위에서 기다리다니

당신은 또 이렇게 말했다.
비가 와요, 비가
혼자 있는 걸 알게 되면
정말 슬프지 않을까요.
나는 빗소리를 기록하는 일에
모든 밤을 쓰기로 했다.

또박또박 초점 없이 떨어지는 비
생각은 그렇게 앓기 시작했다.

무엇을 확인하려는 비처럼

간절히 기다리는 사람처럼
난 약한 사람
들이닥치는 비처럼 숨이 차다.
다정하다는 말이 나인 같다.

* 마리아마 바의 소설

변신

눈을 깜빡거리자
연기처럼 모든 게 사라졌다.
몸을 녹이며 생각 중이었는데

테이블 위에서 생각은 생각을 버리고
말풍선이 되었다.

생각 이전의 생각
고장 난 시계처럼
아래턱이 덜덜거렸다.
생각인지도 모른 채 우리는
더 깊은 어둠으로
걸어 들어갔다.

펼쳐졌던 세계가 닫히고 있었다.
어디선가 목소리가 새어나왔다.
어떤 생각이 깜빡거렸다.

outis!*

생각이 났다는 듯
눈을 떴는데
당신이 떠났다.

* '아무도 아닌', '누구도 아닌'이라는 뜻의 그리스어

감을 수 없는 두 눈으로

버스를 타자마자 두 눈을 지그시 감았다.
감았다고는 했으나 눈이 감긴 것인지
어떤 움직임을 그만둔 것인지
어쩐지
감겼던 두 눈이 잠시 떠졌다
이내 다시 감기는 듯했다고

알 수 없었다.
뭔가를 보긴 했으나
그게 뭔지를 알려고 하지 않았다.
반사적으로 눈을 감았던 건 아니라고
애를 써 가며 눈을 감지는 않았다.
바깥의 풍경을 곁눈질하며
무겁게 짓눌린 눈을 생각했다.
한없이 가벼운 눈꺼풀이었다.
무너지듯 눈이 내리고 있었다.

보드라운 털실처럼
짧지도 길지도 않은 하품이

어두침침한 골방의 유혹처럼
불편한 자리를 잊게 했다.
그사이에 눈물인지 아닌지 모를
액체가 번지듯 새어 나왔다.
눈은 내리자마자
낯선 사물 위에서 변신하고 있었다.

촘촘히 갈라지는
몸의 상태와 마음의 움직임
창문 너머 이대로 사라지는 건 아니라고
희중은 마지못해 생각했다.

그녀에 대해 말할 것 같으면

어제 늦게 편지를 받지 않았냐고
연락이 잘 안 된다고
정확하게 발음했다.
말을 했다기보다 소리를 적어 내려갔다.
연락이란 사회적 현상이니
여의치 않으면 끊을 수도 있다고
마음의 크기와 쓰임과는 무관하다고

부치지 않은 게 어떤 전략이었다고 해도
한참 뒤에야 알 수 있듯이
편지는 그냥 그대로
연락일 뿐이라 생각한다면
이 세계는 여기서 저기로 건너갈 수 없는
열락(悅樂) 불가능이다.

목을 보호하는 듯
언제나 조심스럽게 소리를 다뤘다.
발갛게 달아오르는 소리
듣는 이들의 표정은 눈을 감고도 알 수 있었다.

무대 위 나비부인이었을 때도
그를 위한 빈 무대였을 때도
소리에 예민했다.
전략과 절약은 분명해
전략이 정략이 되어도
소리 소문도 없이
열락이 될 수 없는 거라고

하지만 인숙에게도
말이 없을 수는 없었다.
수제비 반죽처럼 끈적거리며 달라붙는
소리가 없을 수는 없었다.

스투디움

한 아이가 뛰어가고 있다.
그곳에 학교가 없다는 사실을
아이는 모르는 것처럼 뛰어간다.

아이에게는 가방이 없다.
가방 없이 학교에 가는 것은
조금은 이상한 일이라서
아이는 학교가 없는 쪽으로 더 빨리 뛰어간다.

한 아이가 우산도 없이 뛰어간다.
아이는 걸음을 멈추고
바닥에 고인 빗물을 쳐다본다.

언제나 그렇듯이
별은 아스라이 멀리 있다.
아무리 손을 뻗어도 닿을 수 없는
깊은 바다의 보물처럼
그렇게 깜깜한 곳에서만 빛난다.

아이가 비를 맞으며 다시 뛰어가고 있다.
마치 다른 한 아이와 함께 뛰는 것처럼
옆을 보며 웃기도 한다.

가방이 없어도 아이는 뛰어간다.
무섭지도 두렵지도 않은 것처럼
아이는 웃고 있다.
한 아이가 빗속을 뛰어간다.

마주치고 싶지 않은

오늘은 어제가 아니에요.
어제는 여러 날 중에 어느 요일

신호등을 보고 건너는 어제의 사람들, 그리고
그들의 몸을 통과해 가는 불빛
어제와 오늘이 만나 일그러진다.
손톱을 깎다가 손거스러미를 그냥 두는 것처럼
어제는 남겨야 할 시간

한 번 지나가면 다시 돌아오지 않을 것 같은
어제가 돌아온다.

집을 부수고 나갔던 아버지가 돌아오고
시집갔던 누이가 그믐 같은 낯빛으로 돌아오고
포수의 미트에서 투수의 글러브로
흰 공이
포물선을 그리며 돌아올 것이다.

트레이드된 선수를 다시 불러들이는 일

모든 집에는 떠난 이를 위한 자리가 있다.

돌아오지 않는 것들은
남겨진 이들에게 어둠이다.

메아리

나는 8g씩 가벼워져서
며칠 뒤엔 손금이 없어질 것이다.

흔적이 남지 않아야 할 텐데,
나는 닿을 듯 닿지 않는 가지의 끝을
생각한다.

눈, 코, 입, 피부는 먼지처럼 날아가 쌓이다가
진흙으로 뭉개지다가
한 달이 지나면
연기처럼 사라질 것이다.
하지만 나는 영원히
가시의 편이다.
어제도 오늘도
머리카락이 점점 자라듯이
입에 담을 수 없는 말들이 뼈가 되고
바람이 될 것이다.

누군가 나를 받아들일 때까지

오늘의 꽃이 내일의 아침을 열 때까지
갈비뼈를 훑고 지나갈 것이다.
말들은 하나씩 부서지며
마른하늘을 갈라놓을 것이다.

가이샤의 것은 가이샤에게
이건 오래된 이야기의 반복

히스토리

벚꽃이 지고 있다.
저 낙화를 분명 생각한 적이 있었다.
분분한 꽃잎처럼 기록도 흔들렸을 것이다.

최고의 순간이란 언제나
기억이 만들 수 있는
어떤 그림일 뿐
슬픈 것도 억울한 것도 외로움마저도
재구성될 수 있다.

그런데 왜 삶에 대한 예감은 언제나 비극적인가.

그 옛날 그 자리에서
다시 당신과 내가 손을 잡더라도
말없이 돌아설 것이다.

십구 년 동안 벚꽃은 떨어지지 않았고
나는 단 한 번도
다른 자세를 취해 보지 않았다.

그 이후에

갈비뼈가 부러졌는데
하얀 옷의 여의사가 말하길
이 봄이 다 지나가도
날개가 돋을 가능성이 없단다.

그럴 리가,
비시시 웃으며 하늘을 올려다본다.
눈이 부시게 파랬다.

여름 지나 가을 가고
시린 계절이 시작되었지만
부러진 뼈는 붙지 않았다.

죽으면 차나무 밭에 묻어 줘.
부탁이야.
그리고 가슴 없는 여자들을 불러
스무아흐레 동안만 울게 해 줘.
다시는 뼈가 부러지지 않게.

외로운 이름들

전기를 읽을 때마다 궁금했어.

거미줄 같은 손금 촘촘한 무늬를 따라가면
마지막 이별의 표정을 읽을 수 있을까.
그게 아니라면 생일날의 기분이라도
하루 일과를 끝내는 순서라도

떨어지는 별을 볼 수 있는 곳이라면
늦도록 노래를 불렀겠지.
다시 어제의 일을 빼곡히 쓰게 한다면
뭐라고 적을까.

전기를 펼치면 모든 글자들은 바둑의 돌처럼 가지런하지.

한 사람의 인생이란 원래 사후적으로 완성되는 것.
그도 모르는 일들이 그의 전기가 되고
바람을 안고 비와 나눴던 시간은 온데간데없는

전기를 빨리 읽는 것은 아무래도 미안해서

서툰 글씨로 이름을 수차례 적어 보지.
그래도 서운해서 쓸쓸한 이름을
나직이 불러 보지.
그러면 가로수의 잎처럼 가지런하게
생을 마칠 수 있을 것 같아.

같은 곳에서 태어나지 않았지만
같은 시간에 떠나는 것으로
위로가 되는 이름들

기억 — 가만가만

이사를 갔구나.
오가며 한 번쯤 얼굴을 봤다고 생각했는데
그게 착각이었다니.
하긴 찬찬히 내 얼굴 한 번 보기 힘드니

이사를 갔구나.
내일 아니면 모레 볼 수 있겠거니 했는데
통 볼 수 없다니.
멀리 외국으로 간 것도 아닌데

이사를 갔을 뿐인데
그것도 연희동이라는데
한 번에 가는 버스도 있고
택시를 타면 삼십 분이면 갈 수 있는데
구멍 뚫린 비닐봉지마냥 흩날리는 마음은
이사를 갔다는 말 때문인가.

이사를 갔구나.
어제도 길 건너 이웃이 쫓기듯 짐을 싸 떠났는데

내일은 또 누가 실타래 같은 생활을 끊어 내고
지구 반대편으로 가는 건 아닌지

아예 말도 없었던 사람처럼
이사를 갔구나.

웃는 모습이 기억엔 분명한데
이사를 갔구나.

기억—그날 이후

다른 이름이 생각나지 않아
그냥 그를
그라고 그렇게 부르기로 했네.

그는 혼자 밥을 먹었고 소리 없이 양치를 했으며 쥐 죽은 듯이 잠을 잤네.
그는 언제부터 여기에 있었던 걸까.
출근길에 거울을 힐끔 쳐다봤지만 구분할 수 없었네.

그늘진 해변을 좋아했지.
머리에 거미줄을 묻히거나 주머니 가득 돌멩이를 넣고 다녔던 시절
그 일이 있은 이후로 산책과 물놀이는 하지 못했네.

며칠을 기다리다 그를 그라고
그냥 그렇게 부르기로 마음먹었네.
기억 속에서 같은 사람이 되었네.
아주 조금 슬펐네.

하지만 어느 쪽이든 좋아.
그는 이제 그일 수밖에 없으니까.
아침이면 그를 기억하지 못했지만
잘못되어 가고 있다고 생각하지는 않았네.

같이 있어 줄게.
말할 때 그의 입술모양이 조금 달라졌네.
그냥 앉아서 저 하늘을 봐.
할 수 있는 말은 그것이 전부였네.

오늘은 너무 피곤해.
우리는 동시에 말했다.
눈부시게 맑은 하늘이었다.

기억의 테크놀로지

삶은 퇴적층처럼 쌓이지 않는다.

기술은 당신을 기억하지 못하고
내일은 오늘을 기억하지 않는다.

어떤 기술로도 불가능한 어제의 당신들과 생각들과 감정들과 그리고

기술은 언제나 마지막을 기억하지.
놀라운 기억재생의 기술
그것은 불행의 기술

비밀 편지를 찾기 위해 서랍장을 뒤지다 보면
생각이 흐린 기억의 끝자리에 미친다.
깊은 우물에서 길어 올릴 수 있는 건
한 모금의 물
그리고 두려움

복사본을 복사하는 것처럼

우리는 조금씩 사라질 것이다.

희미해지는 일처럼
분명한 것은 없다.

오래된 기억이 당신을 만들어 간다.

두 개의 기억

지난밤 이 집에서 더 이상 살 수 없게 되었다고
편지를 썼다.
좋아하는 커피를 함께 마실 수 없게 되었다고

우물쭈물 길게 늘어지는 생각

쓰고 보니 그 사실에 대해
변명으로 일관하고 있는 글씨
이것도 기술일까?
영영 좋은 사람이 될 수 없을 것만 같은 기분이 들었다.

기억과 기억이 서로 달라 싸웠던 시간
불빛 너머서 환하게 당신이 웃고
봄비는 언제나 그랬듯이 판단을 흐리게 한다.

흔적에 대한
생각과 기억은 언제나 겉돈다.
주춤주춤한 글씨의 흔적

당신은 나지막이 말했다.
다른 장소에서 태어났더라면,

연기를 잔뜩 뿜으며 나무가 타고 있다.
눈이 맵다.

저기 너머로

바람을 쥐는 법
수련은 언제나 몸 밖이거나
몸 너머의 세계에 있다.

셔틀콕이 한 세계에서 다른 세계로 날아가고
아줌마로 보이는 네댓 명이 바람처럼 길을 내고 있었다.

수사(修士)가 된 듯
발걸음을 천천히 옮길 때마다
손가락 사이로 무엇인가 애절하게
빠져나가고 있었다.

눈이 왔던가?
여러 명의 아이들이 눈앞을 지나
저 너머로 건너가는 것을 물끄러미 바라보았다.

어떻게 이 시간을 견딜 수 있단 말인가?
기억이 들이닥치고 있었다.
여기서 빠져나가면

남겨진 몸은 어떻게 되는 것일까?

익숙해지면 안 되는데
누군가 등을 토닥거리고 있었다.

문밖에서

모든 것은 너무 쉽게 무너진다.
누군가를 기다리고 있었던 것처럼
닫혔다
다시 열리는

언제부터인지 사람들이 하나둘씩 모이기 시작했다.
한 사람을 위해 문이 열리는 것은 아닐 테지만
닫힌 뒤
바라보는 눈동자는 깊다.

벗어 둔 안경을 꺼내
이국의 지도를 한참 쳐다본다.
다급한 숨소리 뒤로
문은 조용히 닫히고 있었다.

모든 것은 다 저 문 안에 있을 것이다.
그 옛날처럼 나는 중얼거렸다.
문을 닫으며 그는 누구를 향해 웃을까.
해가 지고 있었다.

문밖에서 그가 살아온 것처럼 보였다.

■ 작품 해설 ■

오류와 오차를 위한 여정

허희(문학평론가)

1 부치지 않은 편지

여태천 시인의 네 번째 시집 제목을 당신은 알겠지. 시집 제목과 일치하는 표제작이 있는지, 시의 한 구절에서 시집 제목을 차용했는지, 아니면 시집을 통어하는 단어나 문장을 따로 붙였는지, 이 글을 쓰고 있는 이른바 '시집 해설자인 나'는 알지 못한다. 담당 편집자는 나에게 부(部)만 나뉜 시집 원고를 전해 주었다. 그는 시집 해설과 관련해 궁금한 점이 있다면 언제라도 편히 연락을 달라고 덧붙였다. 그러니까 나는 해설을 쓰기 전 담당 편집자에게 시집 가제가 뭐냐고 물을 수 있었고, 혹은 직접 시인에게 기별해 네 번째 시집에 관한 다양한 정보를 얻어낼 수도 있었으나, 그렇게 하지 않았다. 시집 원고를 읽고 그러지 않는 편이 낫겠다고 결정했다. 내가 대단한 해석자라서가 아니다. 이 시구에 끌려서다.

"부치지 않은 게 어떤 전략이었다고 해도/ 한참 뒤에야 알 수 있듯이/ 편지는 그냥 그대로/ 연락일 뿐이라 생각한다면/ 이 세계는 여기서 저기로 건너갈 수 없는/ 열락(悅樂) 불가능이다."(「그녀에 대해 말할 것 같으면」) 이 시의 그녀는 "인숙"으로, "희중"이 등장하는 「감을 수 없는 두 눈으로」와 짝을 이룬다. (일부러 시인은 두 시를 앞뒤로 붙여 놓았다.) 김승옥의 소설 「무진기행」 결말 — 희중이 인숙에게 쓴 편지를 찢어 버리고 무진을 떠나는 장면 — 이후를 시인은 두 편의 시로 썼다. 이때 흥미로운 점은 그가 김승옥의 작품을 인유했다는 사실이 아니다. 시인은 아프리카 작가 마리아마 바의 소설 『이토록 긴 편지』를 참조한 동명의 시를 썼고, 카프카의 소설 「법 앞에서」를 떠올릴 수밖에 없는 「문 앞에서」와 「문밖에서」를 썼으며, 코엔 형제의 영화 「오 형제여, 어디 있는가?」를 패러디한 「이웃은 어디 있는가」와 김현식의 노래 「언제나 그대 내 곁에」 가사를 빌린 「희망버스」를 썼으니까.

여태천은 박식하고 섬세한 시 연구자이기도 하다. 그런 그의 시에 온갖 텍스트의 흔적이 발견된다는 점이 특별한 사건일 수는 없다. 이 시집에서 특별한 사건은 「고양이군의 엽서」와 「슬픔은 자란다」 등을 포함해, 「이토록 긴 편지」와

「그녀에 대해 말할 것 같으면」에서 두드러지는 편지 모티프다. 그중에서도 나는 희중이 썼으나 찢어 버려 부치지 않은 편지의 행방을 오래 생각했다. 이를 융 심리학에서 언급하는 내면의 자기인 셀프(self)와 사회적 자아인 에고(ego)의 충돌에서, 에고가 승리했음을 증명하는 예로 간주할지도 모르겠다. 그렇지만 겨우 이 정도를 이야기하려고 편지 운운하지는 않았다. 시인도 그랬을 테고 나도 마찬가지다 「무진기행」에서 희중은 편지를 찢기 전에 두 번 읽는다. 쓰는 과정까지 치면 여러 번이다. 이런 그의 되새김이 과연 헛되기만 했을까.

이는 부치지 않은 편지는 정말로 수신인에게 도착할 수 없는가, 부친 편지는 반드시 수신인에게 도착하는가 하는 의문과 맞닿는다. 그럴 수 없을 것이다. 그 답을 나는 데리다 후기 철학을 분석한 아즈마 히로키의 저서 『존재론적, 우편적』(도서출판b, 2015)을 접한 덕분에 알고 있다. 여기에 나오는 "믿을 수 없는 우편제도"(102쪽)는 물론 실재하는 우편 시스템에 대한 비판과는 무관하다. 커뮤니케이션이 특정한 매개, 예컨대 시의 경우 언어에 의존하는 한, 일부만 도착하거나 잘못 도착하는 등의 오배송이 얼마든지 일어날 수 있다는 논변이다. 발신과 수신의 다기한 환경적 맥락에서 어떤 메시지가 줄곧 똑같은 상태일 수 없다. 여태천의 이번 시집을 통해서도 확인할 수 있다.

가령 그의 네 번째 시집 제목을 아는 당신과 모르는 나의 차이가 그렇다. 제목은 시집 해석을 하는 데 참고하는 주요 키워드니까. 시집에 실린 시가 변하지는 않겠지만, 이 글의 전후 시집에 실린 시들의 배치 또한 달라지기도 할 테다. 그렇다면 내가 읽는 시집 원고와 당신이 읽을 시집이 같다고 볼 수 있을까? 내가 불완전한 텍스트를, 당신이 완전한 텍스트를 가졌다고 여길 수도 있으리라. 그런데 어떤가 하면 결코 동일하지 않을 우편적 공간의 경험이 나는 즐거웠다. 확정되지 않은 텍스트의 덩어리가 나를 텍스트에 붙들어 놓았다. 제목도 목차도 없는 시집 원고의 오배송이 오히려 해석의 자유를 선사했다는 뜻이다. 시인의 본래 의도를 추론할 목적 따위 없는 지금 이 해설 역시 당신에게 오배송되겠지.

2 야구하는 불안과 슬픔

무엇이 일어날 수 있는 (불)가능성의 확률론이다. 필연과 우연이 얽히는 삶, 이를테면 야구 같은 것. "우연이 만드는 가장자리를 골똘히 생각하는 사람"(「어디에 있을까」)으로서 여태천은 삶을 야구에 비유한 적이 있었고, 그의 두 번째 시집 『스윙』은 '야구시'의 전형이었다. 시인의 말대로 삶과 야구가 유비 관계에 있다면, 삶이 끝나지 않는 한 야구의 이닝도 언제까지나 이어질 테니까. 이번 시집에도 야구

시가 있다. "지쳐도 너는 베이스를 돌았다. (……) 볼이 조금씩 날리고 있어./ 중요한 건 살아나가야 한다는 거야."(「낫아웃」) "한 번 지나가면 다시 돌아오지 않을 것 같은 어제가 돌아온다. (……) 포수의 미트에서 투수의 글러브로/ 흰 공이/ 포물선을 그리며 돌아올 것이다"(「마주치고 싶지 않음」) "구두를 잃어버리더라도/ 네모난 햇빛 한 조각만 있다면/ 곧잘 펜스를 넘기던 타자에 대해 말해 줄 텐데./ 그 아름다운 곡선에 대해/ 소싯적 희망에 대해서 말이야."(「유령들」) 주제부터 수사까지 야구는 여전히 그가 쓰는 시의 구심점이다.

투수의 방어율과 타자의 타율이 이미 존재하는 필연이라면 (실은 방어율과 타율 자체가 가변적 확률에 기반을 둔 데이터일 따름이다.), 투수와 타자가 대결을 벌일 때 발생하는 결과는 방어율과 타율만으로 설명될 수 없는 우연적 영역에 속한다. 거기에는 수많은 변수가 개입한다. 선수들의 당일 컨디션은 어떠하며, 심판의 스트라이크존은 일정한지, 베이스에 주자가 있는지의 여부 — 있다면 아웃카운트는 얼마이며 어느 베이스에 몇 명이나 있는지, 바람의 방향과 속도는 어떻고, 타자에 맞춤한 수비 시프트를 시행했는지, 장시간의 수비로 야수들의 집중력이 흐트러지지는 않았는지 등에 따라 전혀 예측할 수 없는 결과가 나타난다. 그럴 때 인과론의 법칙은 통용되기 어렵다. 원인에 해당하는 요소가 너무 많고 그것을 아무도 일정하게 통제할 수 없기 때문이다. 설령 누군가가 이를 계산해 예상한 대로 결과가 도출된다고 해도 문제는 생긴다. 정해진 대로만 흘러가는 시합에 관중들은 열광하지 않아서다.

필연의 세계에는 극적인 변화가 없다. 삶이 필연으로만 이루어지지 않으므로 우리는 야구처럼 우연이 빚어내는 산물을 기대한다. 그러나 기대의 이면에는 본인이 원하는 대로 미래가 도래하지 않을지도 모른다는 불안이 자리하는 법이다. "얇고 투명한 불안이/ 목덜미를 파고든다."(「빈손」) 여태천은 첫 번째 시집에서도 다음과 같은 시를 썼다. "늦은 전보처럼 불안은 매일 찾아오고 종교가 있어도 우리 집은 불안하다"* "전보처럼 불안은" 우편적 공간에서 정확하게 그에게 도달한다. 왜 불안은 오배송되지 않을까? 무언가가 나에게 도착하거나/ 일부만 도착하거나/ 도착하지 않는다는 선택지 중 어느 쪽에 해당되든, 이것은 타 선택지에 대한 불안을 내재할 수밖에 없는 까닭이다. 확률론의 운영체제 하에서 불안은 기본값으로 설정된다. 시인의 네 번째 시집에 이르러 이에 관한 반향으로 "슬픔"의 주조음이 들리는 것도 당연해 보인다. "당신은 납작한 채 왔다. (……) 슬픔의 목록이 하나 더 늘었다."(「잃어버린 열두 개의 밤 — 한 권의 시집」)

"어떤 것도 고통스럽지 않은 것은 없다는 사실"(「프놈 바

*「저녁의 외출」, 『국외자들』(랜덤하우스코리아, 2006), 15쪽.

켕의 일몰」)이 전제돼 있으므로 그 밖에 마음이 아프고 괴로운 목록이 더 있다는 말이다. “이제는 말하지 않을 거야./ 슬프지만 보고만 있을 거야./ 보란 듯이, 하지만/ 결심은 언제나 늦다./ 마음은 좀처럼 동여매지지 않고/ 목울대는 점점 좁아들어/ 울음이 번져 넘치지만/ 구차하게 그 말을 어떻게 할 수 있겠어./ 슬픔의 왕국 비밀의 전사들”(「끊임없이, 말」)이 그 가운데 하나일 것이다. “슬프지만 보고만 있을 거”라는 “결심은 언제나 늦”고 그래서 시인은 ‘끊임없이, 말’을 한다. “구차하게 그 말”이야 하지 않을지라도 슬픔에 관한 다른 말을 계속함으로써 그는 슬픔을 조금이나마 견딜 만한 성질로 치환시킨다. 이와 같은 방식으로 기억처럼 “슬픈 것도 억울한 것도 외로움마저도/ 재구성될 수 있다.”(「히스토리」) 하지만 이는 슬픔의 최종적인 해결일 수 없다. 뒤에 오는 시구가 예증한다. “그런데 왜 삶에 대한 예감은 언제나 비극적인가.” 위에 서술한 불안과 결부해 삶은 마치 깜깜한 비오는 밤 다리를 건너는 일과 다름없어진다.

“사람들은 어서 여기서 벗어나려고 했지만/ 칠흑의 이 밤이 끝나려면 아직 멀었다. (……) 젓을 대로 젓어서 건너는 것일 뿐/ 여기의 모든 생이 다 그러리라고/ 누가 생각이나 하겠는가.”(「건너는 사람」) 그가 가진 불안에 근거한 슬픔의 모양과 속성은 제각각이다. 아내가 돌아오지 않을 수도 있다는 상상에 “아이를 안으며/ 잠시 슬퍼지려고 할 때”(「연기가 필요할 때」)도 있고, “분명하지 않은 경계에서 만들어지는 통증들 (……) 무엇을 더 잃어야 하는 것일까?"(「혼자이거나 아무도 없거나」) 하고 자문하는 순간이 그러하다. 더불어 닿고 싶은 것과 닿을 수 있(거나 없)는 것의 간극이 그가 느끼는 슬픔의 조건을 만들어 낸다. 그것은 시인의 세 번째 시집 『저렇게 오렌지는 익어 가고』에서 시니피앙과 시니피에 사이 자꾸만 어긋나는 기호의 관계론으로 탐구된 바 있고, 이번 시집에서도 「말과 사물의 그늘」에 집약돼 있다. 달리 말하면 '언어와 세계의 불일치'라고 할 수 있는 테마를 그는 아래와 같이 기술했다.

"세계가 엄연히 내 앞에 있다. 그런데 언어는 언제나 저만치 있다. 저렇게 흐릿하게 서 있다. 그래서 저 언어가 불안하다. 사실 불안한 것은 나 자신이다. 저러다 언어가, 세계가 사라질 것 같아 두렵다. 그런데 언어는 나의 생각으로부터 멀어지지 않고 나의 몸에 아슬아슬하게 매달려 있다. 언어는 나의 몸을 은신처 삼아서 이 세계에 간신히 붙어 있다."* 그러기에 시인은 '납작하다'는 형용사를 자주 사용한다. "단 하나의 문장도 완성할 수 없는/ 납작한 감정"**과 "납작한 몸"(「암흑물질」)을 가진 인물들은 언어와 세계의 경계에서 나풀대는 위태로운 시적 주체다. "마음이 납작해질 대로 납작해"(「손이 크다는 것」)진 채 해답을 낼 수 없는 생

*「숨길 수 없는 말들」, 『시인으로 산다는 것』(문학사상, 2014).

**「여자의 바깥」, 『저렇게 오렌지는 익어 가고』(민음사, 2013), 14쪽.

각에 골몰하는 인간형. 그러다 마침내 "생각을 버리고" "생각 이전의 생각"(「변신」)으로, 그는 판단 중지로 사태 자체를 향해 거슬러 가 보기도 하는 현상학자의 태도를 취한다.

3 우리, 가족 — 이웃 — 시민으로서의 (불)가능한 나

그렇다고 여태천이 관념론에 국한된 시를 쓴다고 볼 수는 없다. 전술했듯이 그는 언어 안에서만 자족하지 않는다. 시인의 눈은 세계로 열려 있다. 그는 '나'를 포괄하는 바깥을 '우리'로 지칭하고 '가족 — 이웃 — 시민'의 범주로 고찰한다. 동시에 여태천이 '우리'라는 대명사의 쓰임에 신중하다는 점도 밝혀 둬야겠다. 그는 당신과 '나'의 차이를 함부로 무화시키는 '우리'를 남용하지 않는다. 시인이 '우리'를 본격적으로 시에 도입하기 전에 이것을 메타적으로 살피는 시를 쓴 연유도 거기에 있다. "누군가 물었네./ 우리가 이야기하는 것은 우리입니까./ 우리는 소리 높여 말했네./ '우리' (……) / 우리는 오늘도 우리였지만/ 우리는 두려웠네." (「우리가 우리를 읽을 때」) '우리'에 대해 쓰되, '우리'의 자명함을 의심하는 그의 방법적 회의로 인해, "우리는 빙빙 돌면서 노래하고/ 우리는 빙빙 돌면서 문제를 내고/ 우리는 빙빙 돌면서 상상한다."(「기념일」)라는 '우리'에 대한 이 시의 위화감도 "빙빙 돌면서" 사라진다.

여태천이 탐색하는 '우리'의 첫 번째 단계는 가족이다. "불을 켜자 가족이 생겼다. (……) 불을 끄자/ 그는 세 명의 가족이 있다."(「어디 있을까」) 아이와 아내, 그리고 남편으로 구성된 이 시의 소위 '정상 가족'의 결속은 단단해 보이지 않는다. 불을 켜면 보여서 생기는 가족은, 불을 끄면 보이지 않아 없어지는 가족이 된다. 불이 켜진 시간에도 세 사람은 저마다 다른 것을 하고 있다. "아이는 흥얼거리며 노래를 하고/ 아내는 외국어로 된 소설을 읽고 있다./ 잊어버리지 않으려고/ 그는 매일매일 적는다." 이렇다고 할 때 그는 대체 무엇을 망각하지 않기 위해 하루하루 기록하는 것일까. 어쩌면 그는 눈앞에 있는 아이와 아내를 '나'와 별개인 타인으로 인식하는지도 모른다. 낯설게 느껴지지만 '우리'가 한 가족임을 스스로에게 각인시키려는 행위, 그러므로 그는 가족 안에 있으면서 가족이 '어디 있을까' 하고 끊임없이 자문한다. 그래야 불을 꺼도 자기 자신을 아울러 "세 명의 가족"을 헤아릴 수 있다. 그에게 가족은 확고부동한 소여가 아니다. 있는 힘껏 노력해야 유지되는 공동체다.

시인이 들여다보는 '우리'의 두 번째 단계는 이웃이다. 위에서 그는 (가족이) "어디 있을까"를 묻고 그 후에 "이웃은 어디 있는가" 묻는다. "이웃이란 서로 나누는 사람들/ 인정과 쓰레기를 나누고/ (……) 인정 많은 이웃과/ 격식 있는 이웃이/ 오지 않은 이웃에 대해서 말한다./ 너무 많은 이웃이여/ 오 형제는 어디 있는가?/ 이웃이여/ 이웃은 없다네./ 이웃을 어디에 갖다버렸는가?"(「이웃은 어디 있는가」) 이웃은 '나'의 곁에 있으므로 유관할 수밖에 없는 타인이다. 그런 이웃을 '나'는 "쓰레기 분리수거 장소"에서 마주해 실감한다. 그러나 "인정과 쓰레기"만 나누는 그들은 명시적으로 이웃처럼 보여도, 시인이 바라는 이웃의 모습을 하고 있지는 않다. 그가 소망하는 이웃은 "비가 오는 걸 아는 식물의 마음 (……) 저 비가 그치고 난 뒤에도 꼭 기어"(「이웃이 되어주세요」)해 주는 사람이다. "몇이나 될까" 싶지만 스피노자의 말대로 "모든 고귀한 것은 힘들 뿐만 아니라 드물다."* 그에게 '없는 이웃'(「누가 그를 울리는가」)은 가족과 매한가지로 현실태가 아니라 가능태다.

여태천이 천착하는 '우리'의 세 번째 단계는 시민이다. 그는 질문한다. "정리할 수 없는 시민의 세계/ 시민은 어떻게 탄생하는가?"(「시민의 두려움」) 이 시의 '나'는 "범칙금을 내고 알게 된 시민의 품성에 대해/ 생각하는 오후"를 보낸다. 공권력은 제재의 형식으로 그에게 체험된다. 한데 법을 위반하여 자각하는 시민성은 실제로 국민성에 합치되지 않을까. 차라리 시인이 언명하듯 "아사히의 세계에서/ 우리는 모두 시민"이라는, 취향이라기보다 생활이라고 불러야 할 공동체의 일원으로 사는 사람들을 시민이라고 정의해야 옳을 것 같다. "광장"에 모여 "목소리"를 내는 이들처럼. "사

* 강영계 옮김, 『에티카』(서광사, 2007), 367쪽.

람들이 모였다./ 생각들이 모였다./ 누구 하나 아프지 않다고?/ 사람들이 목소리를 조금 더 내고 있었다."(「목소리들」) 시인이 염두에 두는 시민은 아픔을 느끼고, 아프다고 호소하면서, "길가는 사람에게 말을 걸기 시작"하는 "하지만, 여전히, 조금, 덜/ 외롭고 싶어 하는 친구들"이다.(「우정의 세계」)

시인은 온전한 '나'인 채, 가족·이웃·시민으로서 충실하게 살아가는 법을 모색한다. 삐걱댈 수밖에 없다 해도 그러지 않으면 시민은커녕 "이웃도 가족도 잊은 채/ 우리가 외계 생물체"(「하쿠나 마타타」)가 되어 버리는 탓이다. 문제가 있는데도 문제가 없다고 말하면 "오늘의 내가 내일의 우리가 되는"(「쓸데없는」) 전환의 계기는 생겨나지 못한다. "옥상으로 전광판으로 타워크레인 위로" 결국은 "하늘로 올라"간 한 사람에게 신경조차 쓰지 않고, "하나같이 외롭다는 표정"으로 오직 개인의 내부로만 침잠하는 사회를 그는 「지상의 감옥」에서 묘파한다. 여태천은 우리에게 수인으로 영영 남을 것인가, 그렇지 않으면 "봄은 오지 않았다/않는다."라고 적힌 문구를 지우고 새로운 글귀를 적어 넣을 것인가를 묻는다. 명백히 그는 후자를 지지한다. "이제 당신이 연필을 깎을 차례다."(「연필을 깎으며」) 제목도 모르는 시집을 이렇게 나는 마구 읽었다. 우편적 공간을 경유한 연결이 당신에게 가닿아 또 다른 오배송을 낳을 수 있을까. (불)가능성의 확률론 앞에서 신의 존재증명 내기를 한 파스칼처럼 나는 그렇다는 쪽에 선다.

지은이 여태천

1971년 경남 하동에서 태어났다. 고려대학교 국어국문학과를 졸업하고 동 대학원에서 박사 학위를 받았다. 2000년《문학사상》으로 등단했으며 시집『국외자들』『스윙』『저렇게 오렌지는 익어가고』가 있다. 2008년 〈김수영 문학상〉을 수상했다. 동덕여자대학교 국어국문학과 교수로 재직 중이다.

감히 슬프지 않을 수 있겠습니까?

1판 1쇄 찍음 2020년 11월 2일
1판 1쇄 펴냄 2020년 11월 13일

지은이 여태천
발행인 박근섭, 박상준
펴낸곳 (주)민음사

출판등록 1966. 5. 19. (제16-490호)
서울특별시 강남구 도산대로1길 62(신사동)
강남출판문화센터 5층 (06027)
대표전화 02-515-2000 / 팩시밀리 02-515-2007
www.minumsa.com

ISBN 978-89-374-0897-7 04810
978-89-374-0802-1 (세트)

* 잘못 만들어진 책은 구입처에서 교환해 드립니다.
* KOMCA 승인필

민음의 시
목록